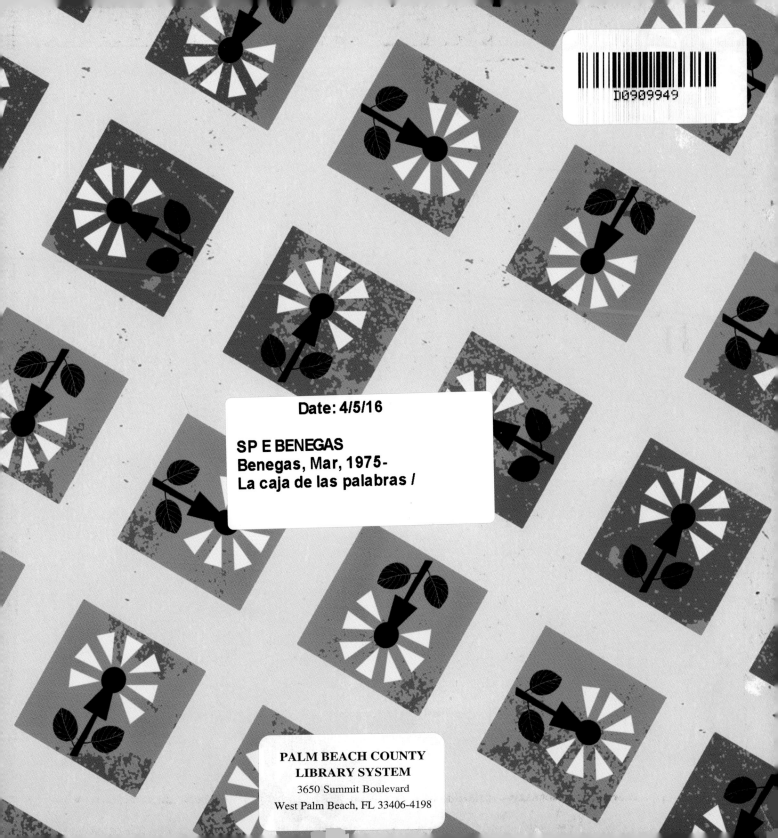

D0909949

Date: 4/5/16

SP E BENEGAS
Benegas, Mar, 1975-
La caja de las palabras /

PALM BEACH COUNTY
LIBRARY SYSTEM
3650 Summit Boulevard
West Palm Beach, FL 33406-4198

Para ti, que te adentras como Arí en la selva de las palabras.
Mar Benegas

Con cariño para Raquel y Flory, dos mamás estupendas.
Eva Vázquez

Mar Benegas
Eva Vázquez

La caja de las palabras

Lóguez

Cuando Ari le dijo a su madre: –Mamá, ¿qué es metáfora?, ella contestó:
–Cariño, esa palabra aún te queda grande.

META

Después se lo preguntó a su padre: –Papá, ¿qué es metáfora?

Él le contestó: –Cariño, esa palabra aún te queda grande. Hay palabras que tendrás que guardar hasta que estés preparada para saber su significado.

–¿Qué es significado? –dijo ella con su lengua de trapo.

Todavía era pequeña y algunas palabras, era verdad, le quedaban grandes, como los armarios de la cocina, el vestido de flores de mamá o la camisa de cuadros de su padre.

–¿Me la puedes escribir? M E T Á F O R A, así, bien grande, en un papel –Ari había tenido una idea–. Y "significado" también me la escribes.

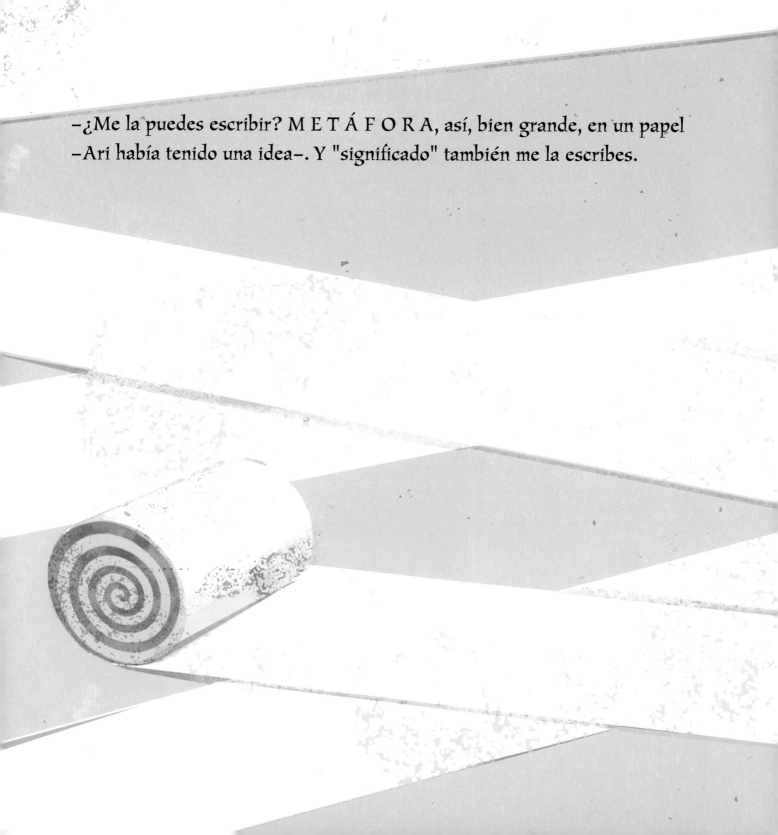

Después las copió con mucho cuidado, porque todavía le costaba escribir y tenía que ver las letras para acordarse de cómo se hacían. Le salían grandes y un poco raras, pero a ella le gustaban igual.

Entonces buscó una caja bonita y las guardó dentro.

Al día siguiente, en el parque, escuchó a un anciano que le decía a otro:

—Sí, era un pobre jamelgo, aquello fue inaudito. —Fue corriendo a preguntarle a su padre, pero de pronto, parándose delante de él, pensó un poco y prefirió no hacerlo. Cuando llegó a casa también las guardó en su caja de las palabras.

Así las fue coleccionando, y crecieron cada día, y todas las guardaba como un tesoro: anónimo, batiburrillo, condensación, intríngulis, psicología, lar, onomatopeya, acrílico…, pero su preferida entre todas seguía siendo metáfora.

Y todos los días le preguntaba a su madre: –Mamá, ¿ya he crecido bastante para saber usar mis palabras?

Y hacía experimentos:

—Creo que estas lentejas saben a metáforas, mamá, son muy acrílicas.

Y su madre sonreía.

Y se impacientaba y buscaba algunas tretas para asustarla.

—Mamá, tienes que explicármelas ya. Hoy he mirado mi caja y se ha convertido en una tumba, la tumba de las palabras que nunca usaré. Están muertas de aburrimiento.

Y su madre le daba un beso grande y sonoro.

Así pasaron los meses y algunos años. Las palabras cambiaban. Algunas se iban para siempre, porque de pronto aprendía a utilizarlas. Pero venían otras, tan misteriosas como las anteriores, a ocupar su lugar en la caja de las palabras.

El día de su octavo cumpleaños, le hicieron un regalo muy especial. Le regalaron un libro, un libro muy gordo, que contenía el significado de todas ellas.

–Aquí las tienes -le dijeron–. Ahora podrás saber lo que quieren decir.

¿Tenía ese libro el secreto de todas sus palabras? Ella lo miró, pero no se atrevió a abrirlo, todavía no. Se fue a su habitación y las fue sacando, una a una, de la caja: diptongo, jamelgo, condensación, onomatopeya… y las extendió con mucho cuidado. Una alfombra de papeles llenos de letras cubrió el suelo de su habitación.

Después las buscó en su diccionario, con paciencia, como si estuviera saboreando un helado. Leyó lo que querían decir, muchas veces, para entenderlo bien. Pasó todo el día sentada en el suelo, descubriendo sus palabras hasta que se hizo de noche. Al fin llegó a la última, su preferida: metáfora.

Estuvo un buen rato mirando el papel que la contenía y aquella letra de niña pequeña. Pensó mucho, hasta que decidió cerrar el diccionario: no quería descubrir su significado. Se acercó a la ventana y la soltó con cuidado. Su metáfora voló y se quedó prendida de la rama de un árbol. La vio brillar, misteriosa, como una luciérnaga, iluminando la noche.

Primera edición: septiembre de 2014

© Texto: Mar Benegas

© Ilustraciones: Eva Vázquez

© Lóguez Ediciones, Santa Marta de Tormes (Salamanca)

Todos los derechos reservados

ISBN: 978-84-942305-7-8

Depósito Legal: S.315-2014

Impreso en España - Printed in Spain

www.loguezediciones.es

Mar Benegas nació en 1975. Escritora y poeta. Animadora a la creatividad y a la lectura en escuelas, bibliotecas y centros culturales. Especialista en poesía infantil. Formadora de adultos y niños. Coordinadora del área de poesía de Atrapavientos. Coordinadora de la web de formación www.elsitiodelaspalabras.es. Colaboradora en distinas revistas. Formadora de escritura creativa en Fuentetaja. Ha publicado varios libros infantiles en diversas editoriales.

Eva Vázquez (Madrid, 1970) estudió Arquitectura y Realización de Películas de Dibujos Animados. Trabajó en ambas disciplinas y las unificó en la realización de fondos para películas de dibujos animados, labor que alternaría con exposiciones de obra pictórica y decorados para obras teatrales o cortinillas para series de televisión. En la actualidad se dedica a la ilustración en prensa, tanto en España como en el resto de Europa o EEUU, así como en revistas especializadas de todo tipo. Está dando sus primeros pasos en su trabajo como ilustradora de libros.

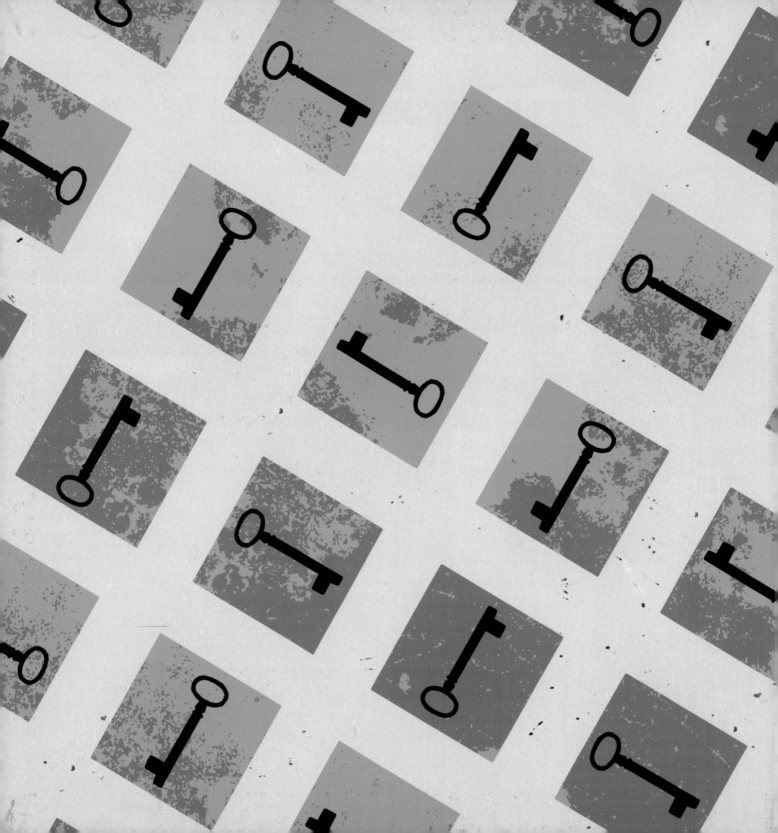